Synzi Dadié

Théâtre

La guerre des seins

Synzi Dadié

1

Synzi Dadié

A Jamie et Noah Synzi Dadié
A Joanna
A la vie

Exposition

Alors nous voici au cœur des peuples d'Afrique. Nous voici dans la forêt claire, écartelant le sud-ouest africain et les confins du sahel ensoleillé. Ici, l'on est loin des grandes villes, des chantiers modernes et des discours mirobolants des politiques si verbeux quand il s'agit de présenter leurs nations écumeuses, en émergence.

Nous sommes effectivement dans cet endroit inexistant pour les uns, mais vrai pour les autres. Cet endroit bien oublié, qui selon les volontés de son histoire, continue d'animer le ciel des coups de pilon de ses femmes égrainées, de parfumer l'air de la fumée de bois de chaud et des arômes traditionnels lointains.

Un village, disons un royaume réunissant 5 tribus, reclus, non, ce ne sera pas beau de le dire ainsi. Mais un village à l'histoire atypique. Ici, lorsqu'une tribu gouverne sur l'ensemble du royaume, ses ressortissants sont les plus heureux. Les autres étant laissés pour compte. Des enfants par milliers, des femmes à foison, des hommes qui entre champs et conciliabules, laissent couler leurs baves aussi bien dans des cabarets que dans des assemblées patriarcales. Ici les hommes sont polygames à l'infini. Les familles sont vastes et entremêlées incognito. Les hommes mesurent leurs forces et leur puissance par le facteur procréation, la conquête de nouvelles épouses, le foisonnant des harems et la porosité au bon vin.

« La femme, ça ne pense ni ne parle pas ! ça sert le bon vin et ça se tait ! », celui qui ne cessait de répéter cette phrase devenu un apophtegme si notoire, est un fou, le fou de Popozo. **Popozo** signifie « Sous le monde », **Popo** voulant dire « Monde » et **Zo**, « en dessous ». Ici, les noms se structurent parfois ainsi. Ainsi se présentent les personnages :*

Personnages

- Yorozo (Sous le soleil) : Il est Le roi de Popozo, village Royal
- Gnouzo (Sous l'eau) : Fils de Yorozo, le prince, seul ayant été à l'école.
- Wolizo (Sous la parole) Chef du village voisin, vassal de Popozo.
- Touzo (Sous la guerre), ami de Wolizo
- Nanizo (Sous la beauté), fille de Wolizo, réputée être la plus belle fille de l'histoire

- Wizo (Sous la larme) Première épouse de Yorozo, elle est la Reine mère
- Kossouzo (Sous le feu) Grand griot des tribus de Popozo, griot personnel de Yorozo
- Lolozo (Sous le mensonge) ami d'enfance de Gnouzo (le fils du Roi)
- Wilizo (Sous la tête) Guerrier, garde-corps de la Reine mère.
- Des soldats
- Des femmes
- Trois scientifiques japonais
- Deux gardiens de la forêt sacrée
- Des conseillers du Roi
- Le Fou de Popozo
- Les Infrangibles

ACTE I

Bienvenu à Popozo !

Scène 1
Sous le Soleil

(Chez Le roi, une grande assemblée est réunie…)
Un grand chant, enveloppé du vide de la cour, parcourt toutes les cases du royaume, fait retentir le tambour sacré, celui des grands jours. C'est Le griot. Rappelant la lignée et les gestes du grand Roi.

Le griot

Il fallut qu'il soit, pour que notre royaume fut ! il fut qu'il ait un nom, pour que nous en ayons, il fut qu'il vive, pour que nos corps eurent un souffle. Il luit comme le soleil, il a le parfum des vents sacrés et la clarté des eaux de notre source vierge. Il est Sous le Soleil, et nous sommes sous son ombre. Fils de Popozo, nobles de Popozo, femmes et sujets ; Popozo, que ton cœur batte et que ton âme respire de joie pour ton grand roi !

L'assemblée se lève et s'incline machinalement, tandis qu'un homme, aussi géant qu'une igname[1] fait son entrée avec une grande suite. Il est vêtu d'un grand pagne tissé de fils d'or, de sandales de cuir ornées d'or, et coiffé du chapeau centenaire royal au bout

---

[1] Tubercule tropicale

duquel toise une grosse dent de panthère.

Kossouzo *(Le griot)*

Votre roi ! notre roi ! mon roi ! Le roi ! la cour, ton roi est parmi nous !

Six hommes de la suite du roi accourent vêtus d'un cache-sexe rouge. Ils se relaient en se couchant à plat ventre l'un après l'autre devant Le roi, formant à relais, les marches de son chemin au siège royal. Puis 4 autres se couchent devant le siège du roi, les uns après les autres pour former un large pose-pied pour Le roi désormais assis.

Tout à coup, Le roi tousse, toute l'assemblée relève la tête tousse à sa suite.

11

Kossouzo

Mon roi, vous avez maintenant toute la preuve que votre peuple est avec vous, et ne respire que parce que vous respirez.

Le roi lève la main, Le griot approche, il lui caresse la tête, l'assemblée se rassoit. Le griot se range à genoux à côté du Roi.

Le roi

Mes frères, mes sœurs, mes amis. Depuis des lustres, nous avons réussi à conserver nos traditions et garder notre peuple dans son authenticité. Malgré les bruits des grandes villes avec lesquelles nous ne faisons jamais commerce, nous avons réussi à être nous-même.

Comme vous le savez, il y a quinze
ans, mon fils, votre prince Gnouzo
nous avait quitté ; des blancs aux
petits yeux…

Kossouzo lui souffle à l'oreille :
Des japonais…

Le roi
…des japonais étaient de passage
dans nos villages et je leur avais dit
de partir avec lui, pour lui
apprendre le savoir, afin de nous
ramener la prospérité. A l'époque,
la famine, les maladies, la misère
entenaillaient nos peuples.

*L'assemblée acquiesce. Le roi tousse.
L'assemblée tousse plus fort !*

Votre fils, le prince nous revient
enfin ! Avec toutes les promesses
que je vous ai faites. Il revient avec
la grande prospérité. Je tiens dans
ma main cette lettre de ce qu'il
vient dans 3 jours. Il faut donc
préparer sa venue.

*L'assemblée pousse des cris de joie. Des
hommages au prince, un torrent
panégyrique à l'enfant, inondent la
place.*

Wolizo (Ami du Roi)
Vive le prince
Il continue

Mon Roi, fidèle ami de plus de 30 ans ! Vous ne serez pas déçu ! Nos greniers sont pleins et la forêt fourrée de gibiers. Que tous les grands chasseurs entendent ma voix. Que les peaux des animaux les plus féroces de nos forêts, tapissent les marches du retour de notre fils, de notre beau prince !

Kossouzo
Mon Roi, ton Roi, notre Roi a prêché ! Qu'aucun autre vent ne souffle ! Et que dans les confins de l'humanité, résonne son message, afin que sa noblesse et sa générosité, soient vécus par son fils, notre beau prince.

Musique de kora ancestrale, chant de louange des grands jours. Une colonne de 12 jeunes filles portant des perles à la hanche et couverte de cauris, se lance vivaces dans la ronde. Sur corps luisant, miroitent les regards embrasés de l'assistance qui se laisse emporter par leur art corporel. La rythmique des tambours les fait planer comme des tectrices de palombe ; Tandis que les envolées de leurs parures lumineuses et mélodieuses, remuent la terre et les vivants sous le regard du Roi.

Scène 2
Chez Wolizo
Il appelle l'une de ses épouses, la favorite

Te souviens-tu, il y a quinze ans, quand le fils du roi partait au Japon, nous avions été complètement ruinés car chaque case du village, avait dû vendre ses récoltes pour la fête et les honneurs dus au prince. Nous revoilà ! Le prince arrive et il doit être honoré ; devons-nous encore être ruinés ?

L'épouse
Je …

Wolizo
… ce Yorozo, il prend toujours, il arrache toujours ! Il veut toujours le meilleurs pour lui et les siens.

L'épouse
Hum, je vois ce que tu veux dire !

Wolizo

Si ma belle Wizo n'avait pas croisé notre chemin ce jour maudit, tout serait différent aujourd'hui !

L'épouse
Je pense que..

Wlizo
…shut ! une femme, ça ne pense pas, ça ne parle pas, ça se tait et ça obéit. Prépare-toi ! car je ne veux subir la fougue de ce fou de Yorozo !

Les, hameaux, les contrées des cinq tribus se mobilisent. Les greniers remués ; le vin de palme est à profusion dans le village. Le roi Yorozo est content.

Scène 3

Belle comme la lune
(Trois jeunes filles : Nanizo et ses
camarades qui lui font des tresses)

Nanizo
Il faut que je sois belle ! La plus
belle ! Le prince ne doit avoir
d'yeux que pour moi et moi seule.
Nous nous sommes vus il y a quinze
ans, je n'étais qu'une gamine. En
plus mon père refuse que j'épouse
tout autre homme. Mais il ne peut
me refuser mon Prince.

*L'une des tresseuses nettoie les ongles de
Nanizo dont la beauté
coruscante illumine davantage le ciel
émerveillé.*

Un coup de tambours ! puis un autre !
et les deux tresseuses se mettent à
danser, chantant :

Ô Nanizo princesse
Lumière de la beauté
Qui plus que toi
Pourrait-elle mériter le prince.
Ô Nanizo
Princesse du jour
Qui plus que toi
Pourrait-elle mériter le beau prince
Le fils du soleil.

Elles chantent et dansent à la gloire de
Nanizo

Quand tu enlèveras ta tenue
La lumière de ton corps guidera ses
pas
Quand il verra les perles de ton aile

Et qu'il les entendra chantonner
Ses pieds danseront vers toi
Alors ma princesse
Soit tranquille
Ton prince sera à toi

Scène 4

La Reine du mystique

Chez la Reine mère ; elle est devant une grotte d'adoration où se trouvent ses fétiches. La grotte faite de décorations mystiques, de sang et de reliques sacrés jouxte ses appartements. Elle fait des libations et des incantations thaumaturgiques.

La Reine mère *(Soliloque)*
Plaise aux dieux, aux ancêtres que le retour de mon enfant nous honore tous. Son départ a été douloureux et presque humiliant ; que son retour soit une victoire car tant d'espérances sont placées en lui. Le roi a promis à ses tribus que le prince reviendrait avec le développement, avec beaucoup d'argent pour la prospérité de notre. Plaise aux Dieux qu'il en soit ainsi.

Silence, elle marmonne des incantations.

Wilizo ! *appelle-t-elle*
Apporte-moi les poulets !

*Le garde-corps lui apporte cinq poulets
blancs qu'elle place dans un mortier
intégré dans la grotte et se met à piler
violemment ; puis Wilizo plonge les
mains dans le mortier et en ressort le
sang qu'il recueille dans un récipient.
La Reine mère en verse sur l'autel, en
boit et élève la voix :*

Que le trône de mon roi ne vacille
point ! et que tout évènement
heureux ou malheureux le renforce.

*Wilizo verse le reste du sang sur un
totem intégré à la grotte. La Reine
mère en transe, les yeux soporifiques,
émet des cries troublants :*

Ah, les dieux sont contents !

S'écrit-elle, puis choit au sol et perd conscience. Elle est aussitôt soulevée par Wilizo, son garde-corps, qui la ramène dans ses loges. C'est ainsi à chaque séance d'incantations...

ACTE II

Le retour de l'enfant prodige

Scène 1

L'enfant prodige

*Le village est attroupé. L'enfant
prodige est de retour. Le roi Yorozo, si*

fier, préfère que ce soit devant le peuple de Popozo que les nouvelles soient données. Devant un forum bien attentif, le prince est heureux d'être parmi les siens.

Yorozo
Mon fils, nous sommes tous heureux de te retrouver ; nous sommes impatients de t'écouter.

Gnouzo
Merci père ! J'ai été au japon pendant quinze longues années, j'ai appris la technologie, j'ai appris la science, j'ai acquis beaucoup de connaissances ; Ils ont voulu que je reste au japon pour travailler, pour gagner de l'argent…

La foule
Jamais !

Gnouzo :

Ils ont voulu que je ne revienne plus parmi mon peuple, mais je sais que mon peuple a besoin de moi, j'ai aussi besoin de mon peuple et je préfère vivre chez moi que de vivre hors de ma tribu…

Le roi

Mon fils ! plus tard nous parlerons de ce que tu as apporté du japon mais, pour l'heure il y a du vin et de la viande de brousse. Le village est réuni pour vivre ce moment de retrouvailles avec toi. Cette fête est toute à ton honneur. Vivre !

Musique. Scène de fête, de dance et de boisson à profusion.

Dans un coin se trouve Nanizo, elle est rejointe par son père.

Wolizo
Nanizo, que fais-tu assise toute seule ? Va donc danser. Tu pourrais danser avec Gnouzo. Viens que je te le présente…

Nanizo (agacée)
Père, ce ne sera pas nécessaire. Il était ici il y a quinze ans et nous nous connaissons. Tout le monde aussi bien dans notre village qu'ici à Popozo, connait tes vingt-quatre enfants. Tout le monde connait tes sept épouses. Bien plus que tu imagines !

Elle quitte son père et retrouve Gnouzo qui est assis et regarde les danseuses défiler. Il lui présente sa fille qui retient son attention ; les deux s'éclipsent tandis que la musique et les joies sont au paroxysme dans un village jubilant.

**Scène 2
Les retrouvailles**

Toujours à la fête, Gnouzo se rapproche de Nanizo, une belle jeune fille qu'il n'avait plus revue depuis quinze ans.

Gnouzo
Tu es devenue si belle Nanizo ! toutes ces années n'ont fait de toi que la plus belle femme du village.
Nanizo

Tu es aussi devenu un bel homme Gnouzo, si fort, si vrai. Quand je pense à notre enfance.

Gnouzo

Tu es d'une beauté immarcescible !

Nanizo *(un sourire dévore son visage)*

Merci… Alors, dis-moi, réalises-tu toute l'attente que le village a de

31

toi ? Toutes les tribus attendent un miracle de toi ! Alors parle-moi, qu'as-tu rapporté du Japon ? que comptes tu faires ?

Gnouzo

J'ai des projets, j'ai des idées, je veux que nous travaillions ensembles, je veux que nous développions le royaume ensemble, avec les autres communautés.

Nanizo l'écoute attentivement, il expose ses idées avec passion. Il a le regard illuminé, porté vers le lointain.

Quand je partais, nous avions une forêt toute verte ; aujourd'hui nous avons tout perdu…

Nanizo

Ah notre belle forêt ! c'est vrai !
regarde ce qu'elle est devenue !

Gnouzo

Tu te souviens comment l'on s'y
perdait quand nous étions petits ?

Nanizo

C'est triste !

Gnouzo

N'est-il pas temps de reconstituer
nos forêts ; n'est-il pas temps
d'éduquer nos enfants ; n'est-il pas
temps pour l'autodétermination;
n'est-il pas temps de nous organiser
avec ces petites tribus de la région
afin de former une grande
communauté pour se développer.

Nanizo

Oui, la division nous détruit. Tu as raison !

Gnouzo

Par la solidarité, nous pourrons construire des maisons, construire des hôpitaux, des écoles, développer notre agriculture ; Nous pouvons faire beaucoup de choses, de grandes choses …

Nanizo souffle, remue la tête et interrompt brusquement

Gnouzo ! je comprends bien ce que tu dis ! et je suis peinée par notre dénuement, notre pauvreté ! Je suis émerveillée par ta vision. Mais ce n'est pas ce que les villageois attendent de toi ! Tu dois le savoir ! tu seras une grosse déception et un embarras pour ton père et le village avec tes théories venues d'ailleurs.

Gnouzo

Comment peux-tu dire cela ? Qu'y-a-t-il de mal à rendre à un peuple sa souveraineté ?

Nanizo

Tu aurais dû en parler avec ton père. Ces gros mots, nous n'en voulons pas dans ce village ! C'est comme ça et tu dois t'y faire !

Gnouzo *(désappointé, épaules en chute)*

Que veut donc ce village !

Nanizo

Les villageois veulent de l'argent,
ils ne veulent que de l'argent, de
l'argent trébuchant. Rien d'autre !

Gnouzo

Mais je ne dis rien qui soit aussi
différent. Je veux leur montrer
comment gagner de l'argent,
comment s'autonomiser, comment
mieux exploiter nos capacités.

Nanizo

Sais-tu ce qu'il compte dans ce
village ? Le gibier, le vin de palme
et le sexe. Le reste, nul n'en veut
par ici. C'est ainsi que nous sommes
éduqués. Les cervelles arrachées.

Gnouzo

Je pense que je n'ai pas été compris cette fois-ci ; mais lors de la grande assemblée, j'expliquerai davantage mes idées. J'ai beaucoup voyagé et il y a beaucoup à offrir à mes parents. C'est pour eux que je suis revenu.

Les deux compagnons sont rejoints par Lolozo, ami d'enfance de Gnouzo. Il continue d'esquisser quelques pas, transit par la joie du moment.

Je vois que vous vous êtes retrouvés. Les quinze années n'ont pas érodé la ferveur puérile !

Gnouzo

Oui, si le temps n'a aucunement altéré la flamme des amitiés anciennes, que peut-il contre l'amour, cher ami ?

Nanizo (Souriante)

Le temps c'est le temps, et l'amour
le traverse quand il est puissant.

Lolozo

Gnouzo, l'enfant prodige ! je suis si
heureux d'être ton ami. Tu vois que
j'ai gardé l'œil sur ta promise ;
mais… en retour, son amie ne cesse
de me faire des misères. Elle refuse
de me porter dans son cœur.

Gnouzo

Alors serais-tu venu négocier une
alliance ?

Lolozo

Pourquoi pas… dans quelques
jours, après la grande assemblée, je
suis persuadé qu'avec ce que tu
annonceras, il y aura encore et bien

plus de vin et de la danse. Et quand tu brilles, cher ami, je brille. Nous pourrons alors faire une promenade sous les palmiers auprès de la rivière et regarder les étoiles avec nos amoureuses. N'est-ce pas Nanizo ?

Nanizo

Ce serait une bonne idée Lolozo.

Elle regarde Gnouzo, le supplie en lui caressant le bras :

Gnouzo, je t'en prie, oublie ces idées qui te traînent dans la tête. Nul ne te comprendra ; Ici, on veut du vin, du sexe, de la viande de brousse, de l'argent !

Lolozo

Ai-je manqué quelque chose, Gnouzo ?

Gnouzo

Pas vraiment … cher ami, j'expliquais à Nanizo que nous n'avons pas forcément besoin de quelqu'un pour nous partager de l'argent. Nous avons tout ici. Ouvrons notre esprit, prenons conscience de nos forces, unissons-nous, rassemblons toutes les petites tribus pour devenir un Royaume fort et nous changeront notre monde.

Lolozo (*ébahi, il fait une grande grimace de primate*)

D'où vient-il celui-là ?

Nanizo esclaffe

Lolozo

Gnouzo, fils du roi ! mon très cher ami ! sais-tu que ton village et ton peuple, sont très pauvres, pendant que ton père Le roi se la coule douce ?

Gnouzo

Mais bien sûre, c'est pourquoi nous devons changer les choses …

Lolozo (Revêche)

Ne m'interrompt pas ! Sais-tu que pour ton départ au Japon, les japonais ont juste accepté que tu les suives, mais qu'ils ne pouvaient pas s'occuper de toi ? Sais-tu que toutes les tribus, sur ordre et promesse de ton père, ont été sommées de verser des tributs par case ? Sais-tu que plusieurs familles ont dû vendre leurs récoltes pour que tu aies de l'argent et se prémunir de la foudre de ton père ?

Gnouzo

Oui, je sais tout ça cher ami, je n'en doute pas.

Lolozo

Si tu le sais ! alors tu sais comme l'a dit Nanizo, on n'a pas besoin de bonnes idées, on a besoin de l'argent, de beaucoup d'argent. L'argent ! Après, chacun se débrouillera avec ses bonnes idées.

Tu n'es pas plus intelligent qu'eux.
Arrête de faire le malin !

Gnouzo

Et moi qui comptait sur la jeunesse
pour insuffler une nouvelle
dynamique à notre royaume.

Lolozo *(Ironique)*

Ah ! tu veux faire un coup d'état à
ton père. Bah, vas-y et on te suivra !
Je serai ton premier conseiller.

Puis d'un ton moins amusé

D'ailleurs, avec de telles idées, ton
père Le roi, perdra son trône et tu
n'hériteras de rien !

Gnouzo se met à rire

Tu sais que le pouvoir ne m'a
jamais intéressé cher ami !

Un homme déguenillé approche

Ne mangez pas seul. Cette fois-ci,
ne mangez pas seul ! je veux ma
part !

Gnouzo

Qui est-ce ?

Lolozo

C'est le Fou de Popozo. Ne t'occupe
pas de lui.

Le Fou

Ah c'est toi Gnouzo, le fils du père !
Reste loin de la marre aux cocus de
Popozo ! Ici, seul ta mère est ta
mère !

Lolozo

Et c'est reparti ! Toujours la même chose. Ce n'est la faute à personne si tes parents t'ont abandonné.

Gnouzo

Ce qu'il dit est très intéressant pourtant !

Lolozo

Quand tu l'auras attendu cinquante fois, tu me rejoindras !

Le Fou

Le fils du père ; ne rejoins surtout pas la marre. Donne-moi à manger.

Gnouzo appelle un serviteur pour servir à manger au fou. Puis il attrape Nanizo par la hanche et commence à danser en l'entrainant dans la zone de danse poussiéreuse et tonitruante.

Gnouzo

Tu n'as pas changé cher Lolozo… tiens, voilà l'amie de Nanizo qui nous regarde, elle est toute belle et… elle te regarde.

Scène 3

Complot royal

Le lendemain soir, Touzo, chef de guerre, gardien des greniers, rend visite à Wolizo, coiffé d'un chapeau de guerre. Il tient à lui partager ses inquiétudes sur la gestion du trône et du village

Touzo

Bonsoir cher ami, Maître de la Parole. Que la terre dans ses moments de paix, te soi fertile.

Wolizo

Bonsoir mon grand ami. Le taciturne, celui dont les regards bruissent au-delà des phraséologies des nouveaux temps. Le seul dont le mot afflige les plus téméraires des souverains.

Touzo

Merci, sers-moi le meilleur de ton vin de palme et quelques morceaux de poisson sec de notre fleuve.

Ho... Je connais la tradition. Porter le chapeau de guerre et rendre visite au chef au lendemain d'une grande fête donnée par Le roi de nos tribus ! Je connais bien la

47

tradition. L'heure est grave ! gravissime !

L'épouse de Wolizo envoie les mets. Touzo embouche quelques morceaux de poisson, en jette au sol. Il y verse un peu du vin de palme, fait quelques invocations.

Touzo

Que les ancêtres peuplent ma bouche.

Wolizo

Alors, dis-moi, grand maître de la Guerre, celui qui parcouru l'humanité et qui fit trembler la terre, dis-moi mon ami, qu'il y a-t-il ?

Touzo

Il y a quinze ans, nous avons été ruinés pour l'enfant prodige. Aujourd'hui il est de retour. Rien..., absolument rien, c'est inacceptable !

Wolizo

Demain, à l'assemblée, tout se clarifiera. On verra.

Touzo

Tu es prévenu, demain, s'il n'y a rien et que les greniers en pâtissaient, le trône tombe et je t'installe. Moi-même, je t'installerai. Alors sois prêt !

Wolizo

Mon cher ami, Ah cher ami ! il y a longtemps que je ne cesse de vous le dire, ce Roi est nul. Il y a quinze ans que tu aurais dû le démettre. Car c'est toi qui déchois et qui installe. C'est cela, ta prérogative.

Touzo

Non, ma prérogative, c'est de protéger les greniers et la royauté. Les principes sont les principes. Tes velléités, je les connais. Tu as toujours voulu le trône. Sûrement que ton moment est arrivé. Mais selon la tradition, aucune circonstance, outre la vacuité des greniers, ne doit permettre que je dépose Le roi.

Wolizo (De plus en plus attisé)

Mais le village vit des temps très difficiles. Personne n'aime ce Roi qui se laisse marcher dessus par sa femme. Ici, les femmes ça se tait et ça fait des enfants. N'ai-je pas honoré nos tribus avec mes vingt-quatre enfants, sept épouses ? Qui mieux que moi devrait être Roi !

Touzo (Inébranlable)

Les principes sont les principes. Tant que tous les greniers ne sont pas vides, nul ne peut démettre Le roi. Ce qu'il importe, ce sont donc les greniers ! Je sais que tu veux le pouvoir. Mais nos Greniers, bien qu'éprouvés par les festivités, nous permettent toujours de bien manger. Et à Popozo, le plus important, c'est de manger !

Wolizo *(agacé)*

Ne vois-tu pas que notre tribu n'a jamais eu le trône dans ce royaume ! Les suiveurs, c'est nous, les faiseurs de Roi, c'est nous, les applaudisseurs, c'est encore nous.

Touzo

Nous servons tous notre royaume et je suis fier de le faire avec qui que ce soit.

Wolizo

Les greniers, toujours les greniers ! Ils se videront bientôt.

Touzo

Les récoltes, tu l'oublierais, ont été bonnes cette année.

Wolizo

Démets-le aujourd'hui ! que je m'installe avant cette satanée d'assemblée qui apportera le malheur ; Et je te donnerai ma fille Nanizo en mariage !

Touzo

Non, la loi c'est la Loi. Les Greniers seront davantage éprouvés par les festivités suivant la grande assemblée. Alors, on verra. Ta fille, tu peux la garder pour un prétendant plus jeune que moi !

Wolizo (avide)

Mais...

Touzo

Non ! c'est moi qui suis venu chez toi… mais saches que ton avidité me fait douter de ta bonne foi. Le chien qui bave énormément à la vue du gibier en présence de son maître, n'est plus digne de confiance !

Wolizo

Oh, pas cela ! c'est juste que … je suis impatient de sortir notre tribu des mains de ce vilain Roi. Ce Roi crésus dans un royaume au peuple si pauvre !

Touzo

Fais attention à tes mots, au revoir

Scène 4

Les grandes oreilles

La même nuit, Touzo Chez la Reine mère. C'est un appartement fait de terre et de chaume, dans la haute tradition, dans l'un des quartiers de la grande cour Royale. Wilizo, garde de corps de la Reine mère, alloué par Le roi Yorozo, est absent.

Touzo

Ma Reine, j'ai accompli la mission que vous m'avez confiée. Je lui aie tiré les vers du nez. Il voudra s'accaparer du trône le plutôt possible.

La Reine mère

Je m'en doutais. Un félon aux grands mots laudateurs. Lui qui ne tarie pourtant jamais d'éloges pour son Roi.

Touzo

Les félons n'ont pour force que le susurrement de leur langue.

La Reine mère

Ya-t-il d'autre prétendant au trône, outre Wolizo ?

Touzo

Non ! ma reine. Mais il faut très vite neutraliser Wolizo !

La Reine mère

Non. Laisse-le venir. Baisse la garde des greniers. Et laisse-le faire. Qu'il aille jusqu'au bout de son projet.

Touzo

Je me ferai fort de lui mettre à disposition nos plus loyaux soldats et il tombera dans la gueule du loup.

La Reine mère

Surtout, ne l'arrête pas. Laisse-le devenir Roi.

Touzo

Roi ! Ai-je bien entendu ? Lui, devenir notre Roi ! Ne devons-nous pas le prendre la main dans le sac et l'exécuter devant Le roi ?

La Reine mère

Douterais-tu de mes plans ?

Touzo

Non, ma reine. Je ferai comme vous dites.

La Reine mère

Merci. Je dois invoquer les mânes des ancêtres pour que le mal s'écarte des sentiers de nos tribus ; et que notre royaume soit délivré du carcan misogyne des hommes.

Touzo

Bien ma reine ! Dois-je en parler au Roi ?

La Reine mère

Tu sais bien que chez nous, la femme ne parle pas !

N'est-ce pas vous les hommes qui nous le répétez. Pourtant, il y a bien de choses que je sais, qui pourraient aider notre grand Roi.

Touzo (Suppliant)

Voyez-vous ma reine, je vous dois loyauté, à vous et à notre bon Roi ; mais j'aurais fort apprécié que vous preniez les choses en main ! Le trône tremble.

La Reine mère

Pourquoi donc en parler au Roi !

Touzo

Je comprends, ma Reine

La Reine mère

A chaque chose son temps ; il ne faut jamais chercher à démettre un

Roi qui est à la toison de sa popularité. C'est ce que Wolizo veut faire, eh bien, nous l'aideront certainement dans son rêve abyssal !

Touzo

C'est vrai

La Reine mère

Le retour de mon fils fait retentir le nom de mon époux Le roi par-delà mille contrées. Les greniers foisonnent de nourriture. Mon rôle, c'est de veiller à ce que le trône reste entre nos mains ; car il faut le reconnaître, mon cher Roi, avec l'âge, commence à perdre la main.

Touzo

Vivement demain !

La Reine mère

Oui, demain, nous verrons ce que la grande assemblée nous apportera.

Elle sort de la case suivie du chef de guerre et se rend à sa grotte pour des sacrifices. Elle implore les mânes des ancêtres afin que le trône du roi ne vacille point. Puis sous le regard du chef de guerre, elle enlève sa tenue, se badigeonne du sang puisé du mortier intégré, entre en transe, ou plutôt dans une danse mystique, fait des incantations larmoyantes, puis s'évanouie comme une feuille morte au sol. Le chef de guerre en a le visage éberlué. Tremblotant, il la couvre d'un drap blanc et la ramène dans ses appartements.

ACTE III

La grande assemblée

Il fait un beau jour. C'est aussi un grand jour. Au cœur de la cour Royale, tous les chefs des tribus sont réunis. Le grand tambour qui battait depuis le petit matin, laisse place à un silence annonciateur de l'entrée pompeuse et traditionnelle du chef, dans ce ballet des grands jours. Puis, lorsqu'il s'est bien installé, Le griot introduit les hostilités et Le roi annonce son fils.

Scène 1

Le rêve de Gnouzo

Père, mon Roi,

Chers frères et sœurs

Quinze ans que j'ai quitté les miens

Quinze que j'ai vécu dans ce monde lointain

Ce monde de miracles et de technologies

Ce mode qui m'a fait découvrir mille magies

Chers parents, ce monde est désormais en moi

Et au moment où je reviens chez
moi

Pour vivre avec mon peuple

Je vous reviens moins aveugle

*L'assemblée se rompt dans un tonnerre
d'applaudissements et de grand crie en
l'honneur du roi qui a le visage
illuminé. Gnouzo Continue :*

Mais j'ai aussi eu le choix d'y rester

De devenir riche

D'y faire ma niche

Et de vivre comme si les miens
n'avaient jamais existé

Mais fort de mon expérience

De mon savoir

De mon amour pour mes tribus et
nos sciences

Je suis là revenu amour, par choix
et par devoir

*La foule jubile, applaudit, lance des cris
de joie.*

Père, mon cher roi, à tous et à toute

Je sais que la misère nous envoûte

Et que nos tribus ont besoin
d'argent

La foule répond après lui en cœur :

Beaucoup d'argent

*Les visages s'emplissent de rire et de
joie détonante. Il continue :*

Mais il y a plus important

Dans des peuples comme les nôtres

65

Si meurtris par la pauvreté pendant
longtemps

Que ce simple désir qui est votre

*L'assemblé lance une grande
exclamation :*

Ah oui

Gnouzo

Oui

Pour ce que j'ai vécu

A voir notre situation aujourd'hui

Il y a des choses, si vous les aviez su

Nous vivrions dans la dignité sans
cette mendicité qui nuit

*L'assemblée s'exclame indignée et
colérique :*

A-t-il dit que nous sommes des mendiants ? De qui parle-il celui-là ?

Le griot

Shut ! Le prince parle !

Gnouzo

Je rêve que nous nous unissions

Qu'ensemble nous travaillions

Pour que les eaux ne sèchent plus de nos terres

Pour que nous ravivions nos forêts qui s'altèrent

La foule

Il rêve et fait rêver !

Gnouzo

Je rêve que nous construisions des
écoles

Que nos tribus sortent de
l'obscurité

Que nous abandonnions les sentiers
de l'alcool

Que nul ne se réjouisse de l'oisiveté

Je rêve que nous ayons des
hôpitaux

Que la technologie soit chez nous

Un acquis qui renforce nos capitaux

Et que nous vivions mieux, sans
yeux iniquement pour le sou…

La foule, *visiblement indignée*

Voilà ! Il nous a insulté !

Dis-nous où est l'argent

Oui l'argent, ou tu n'as rien ?

Tu n'as rien apporté ?

Après quinze longues années au Japon ?

Rien ?

Wolizo (*assis dans la foule*)

Il est bien prolixe le petit prince !

Serait-ce donc qu'il n'a rien ?

Mon roi, ton fils n'a donc rien apporté de son aventure ?

Chercherait-il une échappatoire par cette loquacité grandiloquente ?

Gnouzo (*Exhérédé*)

Je réalise que pour vous

Des idées, ça ne compte pas !

69

Vous ne pensez qu'à manger !

La foule en chœur

Oui !

Gnouzo

Au sexe !

La foule répond en chœur

Oh Oui !

Gnouzo

Au vin !

La foule répond en chœur

C'est ça !

Gnouzo

Alors je n'ai rien pour vous !

Un homme se lève dans la foule

On le savait ! à bas Le roi ! à bas le prince ! Le vilain roi et son prince ! Il faut les tuer ! Il faut les pendre ici et maintenant ! Ils n'ont rien pour nous ! Nous sommes ruinés ! Nous ne pourrons plus payer les dotes pour en épouser de nouvelles femmes. A bas Le roi !

Le chef de guerre retire Le roi et sa cour. Les soldats maitrisent l'assemblée surchauffée, mais qui se disperse en se morfondant.

Scène 2

Le roi, la Reine mère et Gnouzo

Sous le regard du chef de Guerre, Le roi en larme explose de colère

Le roi

A cause de toi, mon trône est en feu. Subitement tu arrives et tout s'effondre. Je m'attendais à tout, sauf à un discours emphatique de petit intellectuel. Comment peux-tu me dire, dire à mon peuple que tu n'as rien...

Gnouzo

Je ne pouvais pas leur mentir.

Le roi

Tu aurais dû m'en parler d'abord !

Gnouzo

Père, j'ai fait ce que tu m'as dit de faire, parler devant l'assemblée.

Mais père, des idées…

Le roi

Silence ! des idées, ici, ça ne vaut rien. Ici, c'est l'argent ou rien. Penses-tu que nous n'avons aucune idée ici ? Ils ont raison de dire à bas le roi ! J'aurais dû me joindre à eux pour dire, à bas le prince. Tu nous as tous humilié !

Le griot du roi accourt épouvanté.

Le griot

Il a les mains sur la tête

Moi Roi ! mon Roi ! Roi !

La Reine mère

Qu'y-a-t-il Kossouzo ?

Kossouzo

Mon Roi, les greniers sont vides. Les greniers ont été vidés. Nous n'avons plus rien à Manger !

Le roi *(s'écroulant)*

Comment est-ce possible, les greniers étaient pleins hier nuit ! N'est-ce pas le rapport qu'a fait tu m'as fait ce matin, Touzo, tôt ce matin !

Touzo

Oui mon Roi

Le roi

Alors comment est-ce possible ?

Kossouzo

Oui mon Roi ; Mais des gens ont attaqué les greniers. Des inconnus ; Ils ont vidé les greniers.

Le roi

Une attaque ? des inconnus ? Bientôt le village le saura, et…

La Reine mère

Je sais qu'une femme, ça se tait. Mais mon roi, accordez que je m'exprime...

Le roi

Vous êtes tous les deux les mêmes ! de beaux parleurs. Ô mon dieu ! Je suis fichu !

La Reine mère

Mon Roi…

Le roi

Je ne te permettrai pas. Je suis humilié pour cette liberté que je te donne. Une femme, et cela devra rester ainsi, ça ne parle pas ! Sortez d'ici !

*La Reine mère se tait, regarde le chef
de guerre qui se retire avec le prince.*

Scène 3

La chute du Roi

La Reine mère revient quelques minutes plus tard et parle au Roi toujours assis sur son siège abattu. Elle lève la voix :

La Reine mère

Yorozo, viens avec moi ! Des assaillants s'apprêtent à attaquer ton trône. Alors viens avec moi à la grotte. Dépêche-toi, il faut sauver ta vie.

Le roi

Femme, ce que tu dis est d'une gravité extrême ! Et pourquoi fuirai-je ? c'est moi Le roi ! Je préfère mourir que de fuir comme un lâche !

La Reine mère

Je te l'ordonne ! Viens ! quittons cet endroit vite.

Il se lève et suit la Reine mère. De la grotte, ils épient la cour royale.

Scène 4

La traite des félons

Des voix furieuses s'élèvent de loin et se rapproche. Des hommes en colère tirant des coups de fusils se rapprochent de la cour. Il n'y a aucun soldat, aucun garde. Les voix sont de plus en plus proches.

Des soldats atrabilaires font intrusion dans la cour. Ils lancent des cris de guerre, crient le nom du roi avec colère. D'autres les rejoignent. Ils s'introduisent dans le palais vide. Le palais est pris d'assaut.

Des soldats

Le roi a fui, il a capitulé ! Un vrai couard ! Un lâche !

On a la victoire ! Le roi a capitulé ! Nous le retrouverons et nous l'exécuterons ! Il faut le mettre à mort !

Quelques minutes plus tard, Wolizo retrouve les hommes en armes en compagnie de ses courtisans dans une ambiance victorieuse. Il est heureux. Heureux que son attaque ait été aussi facile et rapide. Il est désormais Roi.

Wolizo (Nouveau Roi)

Enfin ! Une conquête éclaire ! Sans effusion de sang ! La conquête a plutôt été facile. Fouillez la cour royale et amenez-moi ce sale satrape !

Les hommes en armes, par dizaines envahissent les recoins de la cour. Ils retrouvent la Reine mère en compagnie du roi dans la grotte sacrée. Cependant, Gnouzo et le chef de guerre Touzo sont introuvables. Ils sont traînés aux pieds du nouveau maître des lieux qui s'est confortablement installé dans la chaise royale.

Wolizo

Et c'est qui ton Roi désormais, Reine Mère incantatrice ? Vous vous croyiez invincibles. Mais tout homme a un prix. Dites merci à votre félon de chef de guerre si j'épargne vos vies. D'ailleurs, il sera aussi mon chef de guerre !

La Reine mère

Qui a trahi une fois, trahira pour toujours

Wolizo

Silence ! Une femme ça se…

Reine Mère

… tait et ça obéit, mon Roi. Vive mon Roi !

Wolizo (*Les yeux volcaniques*)

Et toi Yorozo ! Crois-tu que j'aie oublié ce jour où tu as posé ton regard de maraudeur sur elle… j'aurais dû te trancher les roubignoles !

Yorozo

Hum, je comprends mieux !

Wolizo (*D'une voix rogue*)

Trop tard pour comprendre ! Tu es un homme fini.

Vous aurez certainement la liberté de vivre. Mais vous vivrez désormais comme des lérots, vous rasera les murs de vos voisins nuitamment pour votre pitance.

Surtout, que nul ne trouble mon sommeil dans ce beau palais. Que votre fils, le prince déchu… (il ricane), oui, que ce minable de prince en tire les leçons.

La foule adule et chante les gestes du nouveau Roi. Il a subitement conquis leurs cœurs, tandis que le couple royal déchu, est houspillé. Vie Le roi !

ACTE IV

Habemus Rei

Un nouveau palais est sorti de terre. Le village a fait peau neuve. Le nouveau roi, sceptique de la bonne fois des soldats en place, s'est entouré d'une nouvelle garde prétorienne. Il les nomma les Infrangibles. La garde est composée de soixante des plus puissants soldats des cinq tribus. Ces bois d'ébène au regard aphone, taciturne et sans merci, peuvent individuellement défaire tout un bataillon de cent soldats. Ils sont aphasiques, loyaux et strictement organisés. Les Infrangibles sont à l'origine des orphelins qui considèrent leur nouveau Roi comme un Dieu.

Le progrès semble aux portes de cette vaste tribu inconnue. Les autres tribus ont totalement fait allégeance au nouveau roi qui plastronne fréquemment, avec son chef de guerre et ses Infrangibles patibulaires, dans l'ensemble des contrés. Mais il a surtout la main sur tout ce qu'il brille ; le peuple de plus en plus, ressent la douleur de sa royauté. La joie, la symbiose, l'harmonie ont fui les visages.

*Les forêts se sont davantage dépeuplées.
Le nouvel ordre coûte cher à ce peuple
jadis fêtard mais paisible.*

Scène 1

L'ordalie

*La ruée des hommes du roi sur les
ressources du royaume a longtemps été
sans suite. Arrive un jour où éclate un
conflit entre les gardiens de la forêt
sacrée et des conseillers du Roi. Le roi
Wolizo convoque les protagonistes tout*

en exigeant qu'ils soient accompagnés de leurs épouses. Il est en compagnie de Kossouzo Le griot et de Touzo, son chef de guerre.

Le roi

Je vous ai fait venir pour régler ce problème. Je vais vous écouter. Mais avant, sachez que vous avez dérangé ma quiétude. C'est pourquoi cette fille, la plus jeune, restera désormais et pour toujours dans mon palais. Je la prends dès cet instant pour renflouer mon harem.

Le premier conseiller

Mon Roi ! Elle est mon épouse… Je vous en prie, épargnez-la !

Kossouzo

Silence !

Prêche pour ta vie. Les lâches n'ont pas le droit à la procréation. Continue et tu seras pendu !

Wolizo

Que les conseillers s'expriment en premier.

Le deuxième

Cette forêt est à tout et elle s'étend à l'infini. Nous avons donc cru bon d'abattre quelques arbres pour les vendre comme le font nos amis, vos amis venus de loin.

Un gardien

Mon Roi, le sacré reste sacré pour tous. Nous sommes gardien de cette forêt et avons le devoir d'empêcher sa destruction.

Le roi

La forêt est-elle sacrée pour ton Roi ?

Les 2 gardiens *(Ils s'inclinent)*

Oui mon Roi, pour tous mon Roi.

Le roi

Touzo, débarrasses-moi de ces animaux. Fais-les pendre.

Je ne veux plus attendre parler de gardiens de la forêt sacrée.

Touzo *(Déconcerté)*

Mon roi, attendez. Ils ont sûrement mal exprimé ce qu'ils voulaient dire.

Ils regardent les gardiens

N'est-ce pas ?

90

Lorsque vous dites « la forêt est sacrée pour le roi », je pense que vous voulez plutôt dire que la forêt appartient au roi, que le roi y tien, n'est-ce pas ?

Il dégouline de sueur. Il tend les mains en direction des gardiens tout en portant un regard de miséricorde vers le roi

N'est-ce pas ce que vous voulez dire ? ... que la forêt est la propriété sacrée du loi, et que seul lui, peut en disposer à sa guise ? N'est-ce pas ce que vous voulez dire, braves gens ?

Les deux gardiens

La Forêt est sacrée pour tous. Y compris pour le roi. Interdite d'exploitation à tous, y compris pour le roi. Pour tous ! Depuis des générations, nos vies de gardien de la forêt sacrée y sont attachées. Elle est notre vie. Et si cette forêt devait être détruite, si elle devait mourir, autant mourir avant elle.

Ils lèvent la tête et enfoncent leurs yeux dans ceux du roi :

Jamais nous ne laisserons qui que ce soit la détruire tant que nous serons vivants !

Touzo *(pris de panique)*

Prêchez pour votre vie, la forêt régénérera, mais vous, pas !

Les Gardiens *(inamovibles)*

La forêt est notre vie ! Et nul n'y touchera !

92

Le roi *(Il rit fortement et s'adresse aux Conseillers)*

Prenez leurs femmes et épousez-les, faites-en ce qu'il vous plaira.

Il devient silencieux et regarde longuement les deux gardiens :

J'admire votre bravoure !

Puis il attire le regard perdu de Touzo et ordonne d'un ton méphistophélique qui alerte le palais:

A mort !

L'écho de ce cruel jugement plongea le Royaume dans un terrible effroi. La crainte et la suspicion devinrent monnaie courante. D'innombrables exécutions pour conspiration imaginaires ou délits mineurs, des expéditions punitives par les Infrangibles, ont fini par faire du Royaume de Popozo, une terre épouvantable aux mains d'un goule insatiable.

Scène 1

Au cœur des femmes

Si Le roi déchu a préféré rester dans un silence absolu, passant son temps dans

94

ses champs à la recherche de gibier ; une vie qu'il semblait aimer. Quant à la Reine mère déchue, elle aura réussi à réunir les femmes du royaume autour d'elle. C'est par grand nombre qu'elle les entretient sur différents sujets loin du regard des hommes. Celles-ci passent le temps à l'écouter et la consulter, profitant de ses dons spirituels et médicinaux.

En effet, depuis leur chute du pouvoir, la Reine mère s'est reconvertie en incantatrice, prêtresse, consolatrice des femmes, matrone, porte-faix, mur de lamentation et guérisseuse. Par ailleurs, son expérience doublée de son omniscience d'elle la confidente en laquelle toutes les femmes avaient foi.

Réunies chez la Reine mère loin du tintamarre macabre du diadème fossoyeur, les femmes fulminent leurs frustrations.

Une première femme

Depuis que ce Roi usurpateur s'est installé, nous souffrons. La mort est partout. Nos enfants sont enlevés et tués. Des hommes sont exécutés dans des conditions inextricables. Nous sommes devenus des animaux !

Une deuxième femme

Nos hommes qui déjà, ne nous respectaient pas, sont devenus d'horribles personnages.

Nous sommes devenues des boîtes à plaisir. Ils n'écoutent pas nos avis. En plus d'être incapables de protéger nos familles, ils ne veulent que faire des enfants.

Le sexe ! le sexe ! le sexe ! gueule de bois !

Une troisième femme

La pauvreté nous ruine, mais ils n'y font rien. Les 4 autres tribus sont complètement lésées. Il s'est taillé une administration et une cour monochrome. Les femmes n'ont aucune responsabilité, elle ne participent à aucune décision. Et c'est nous qui pleurons les morts. C'est encore nous qui allons aux champs. Notre forêt sacrée est prise d'assaut !

Une quatrième femme

C'est encore nous qui devons les nourrir, nourrir les enfants et tout faire. Nos maris sont tous devenus des comploteurs, des lavettes aux ventres abyssales! des espions, des courtisans comploteurs du Roi. Nous en avons marre !

La Reine mère

Alors fermez le robinet !

Une quatrième femme

Fermer quoi ? Vous voulez qu'ils nous battent !

La Reine mère

Je vous aiderai. Vous expliquerez à toutes les femmes discrètement.

Elle sort un récipient contenant un liquide semblable à du sang.

Tenez, prenez ce liquide couleur sang. Chaque soir avant d'aller au lit ; mettez-en que goutte à vos dessous, et dites à vos époux que vous avez des écoulements de sang. Ils vous fuiront !

La deuxième femme

Mais combien de temps pourrons-nous tenir ?

La Reine mère

Aussi longtemps qu'ils ne changeront pas. Je vous promets que Le roi enverra des émissaires me consulter. Je suis l'incantatrice. Je sais ce que je leur dirai.

Au moment où les femmes se retirent, la Reine mère retient trois jeunes femmes. Ce sont les trois dernières épouses du roi Wolizo.

La Reine mère

Mes filles, malgré les circonstances, nos amitiés sont restées indemnes. J'en suis honorée. Le jour viendra où tout le monde sera pris en compte. Où les 5 tribus gouverneront rotativement. Où nous vivrons heureux, hommes et femmes.

La plus âgée

Ma Reine, vous êtes une mère pour nous et votre vision renforce nos espoirs. N'est-ce pas vous qui nous consola quand nos pères nous ont jetèrent comme des bêtes entre les cuisses de ce mufle de Roi Wolizo.

Nous en avons souffert, mais vous nous avez donné la force de supporter la douleur, d'être résilientes et de continuer à vivre. Nous serons toujours vos filles ma Reine.

La Reine mère

Pour tous les hommes du village, ce sera l'extorsion libidineuse. Mais vous, vous mes filles, dont la beauté est un buisson incandescent, vous dont l'allure hante le silence des hommes du royaume et dont le parfum fait baver les limiers du palais royal, ne refusez ni l'œillade ni les estafilades des Infrangibles. Ne leur refusez point ce que leurs épouses leur refuseront. Et ils seront à vos pieds, à nos pieds.

Les 3 femmes

Bien reçu ma Reine Mère

Scène 2

La grande thaumaturge

Déjà une semaine que les femmes ont des écoulement e sang. Les hommes en parlent discrètement. Puis la frustration prend de l'ampleur. Ils sont nerveux comme des taureaux en rut. Le roi informé envoie 5 émissaires chez l'incantatrice.

Premier émissaire

Soyez saluée vénérable incantatrice ; Que les ancêtres vous accordent la force pour apaiser leur cœur.

La Reine mère

Qu'y-a-t-il d'aussi grave ?

Deuxième émissaire

Les hommes sont en colère. Leurs femmes leur refusent la tisane de nuit. C'est la frustration, une extorsion insupportable qui arrache notre dignité. C'est le désordre dans les rangs des soldats. Plus rien ne va dans le royaume.

Troisième émissaire

Quel homme peut-il vivre sans femme !

Premier émissaire

Quel homme !

La Reine mère (*désinvolte*)

Une femme ça se tait et ça obéit…

Troisième émissaire

Non ! ma Reine Mère !

Ne faites surtout pas cela.

Une femme peut parler. Une femme, ç a doit parler !

Une femme, c'est aussi un humain comme tout le monde.

La Reine mère (Souriante)

Aussi ! hum !

Le deuxième émissaire

De grâce ma Reine-mère ! Moi-même j'en souffre !

Nous en souffrons !

C'est insupportable !

Sauvez-nous. Sauvez le Royaume !

La Reine mère

Ce sont les ancêtres qui sont en colère contre Le roi. La forêt sacrée a été détruite depuis sa venue. Ils refusent donc l'enfantement à toute femme de ce royaume. Je n'y peux rien !

Premier émissaire, (il est tourmenté)

Ma Reine Mère, il y a une solution à toute chose. Quel sacrifice doit-on faire ? Dites, et nous obéirons ! Ou Le roi nous exécutera tous !

La Reine mère

Je n'y peux rien aujourd'hui ! Revenez dans 10 jours !

Les émissaires

Ma Reine-mère, 10 jours !

La Reine mère

10 jours et rien d'autre !

Les trois émissaires

Ma R….

La Reine mère *(Tranchante)*

10 jours !

Scène 3

Un coup de maître

Yorozo est avec Gnouzo qui semble enthousiasmé, tandis que la Reine mère prépare des médicaments à base de plantes.

Gnouzo

Père, mes amis du Japon m'ont envoyé un courrier. Une bonne nouvelle est à la porte du village

Yorozo

Wizo, viens, ton fils veut nous parler.

Gnouzo

Oh, tu associes ma mère. J'ai cru que pour vous, la femme ne valait rien dans ce royaume.

Yorozo

Ça c'était avant. J'ai compris bien de choses depuis la fin, heureusement, de mon règne. Je vis mieux depuis.

Gnouzo

Mère, père, ce courrier dit que mes amis Japonais veulent faire un test d'une technologie d'ADN dans une communauté rurale. Ils veulent le faire pour évaluer l'efficacité de leur produit.

La Reine mère (Stupéfaite)

ADN, qu'est que c'est ?

Gnouzo

C'est une manière de connaître tes origines. Qui est ton père, ta mère, tes descendants. Une méthode de traçage.

Yorozo

Et que gagne le Royaume

Gnouzo

Je savais que tu le demanderais. Puisque c'est l'argent que tout le monde veut dans ce Royaume, mes amis Japonais offre 1000$ à chaque échantillon, soit à chaque personne testée.

Yorozo

C'est une très bonne nouvelle. Nous serons tous testés. Nous devons en parler au Roi.

Gnouzo

A ton ennemi ?

Yorozo

Mais c'est lui notre roi à tous. Et Il n'est pas bien de faire certaines choses en cachette. Il faut partager avec tout le monde.

Yorozo entre dans sa case pour se préparer à se rendre chez le roi pour annoncer la nouvelle.

La Reine mère (*Elle se rapproche Gnouzo et parle à voix basse*)

N'oublie pas. Fais comme je dis. Laisse Wolizo, cet inassouvi, faire ce qu'il veut. Et Si ton idée est bien suivie, il ira dans un trou. Ils ne savent rien de vos technologies.

Gnouzo

Tout est prêt, j'ai trouvé un japonais de la ville. Il fera comme je t'ai expliqué.

Aussitôt, Yorozo se rend à la cour Royale avec Gnouzo sous le regard pensif de Wolizo la Reine mère. Il y annonce la nouvelle qui comme une trainée de poudre, enveloppe le royaume totalement.

Scène 3

Une mère pour les femmes

(La Reine mère tient un grand conseil avec les femmes suite à la nouvelle)

La Reine mère (*Elle lance un mot d'ordre*)

Mes sœurs, les ancêtres nous ont attendu. Ils ont attendu nos douleurs. Voici le moment que j'attendais. Tenez-vous prête. Car si un enfant peut avoir mille pères, il n'y a qu'une et une seule mère. Tenez-vous prête. Nous prendrons le pouvoir des mains de ces goujat polygames, ces obsédés sexuels qui

nous font passer pour des idiotes.
Et surtout, gardez le robinet fermé.

ACTE V

ADN ?

Les japonais sont dans le village. Ils ont été accueillis à grande pompe. Gnouzo leur sert d'interprète. Le roi, si fier a élargi les tests au 6 tribus. Ce sont donc des milliers de personnes qui participent au test.

Scène 1

Un super roi

Les 7 épouses et leurs 27 enfants dont Nanizo sont les premiers échantillonnés. Il parle à l'un des japonais

Le roi Wolizo

Vous voyez, je suis un homme puissant. J'ai sept épouses et vingt-sept enfants. Chez vous, pouvez-vous en faire autant.

Le fou *(surgissant dans la foule)*

Seule la mère est la mère de ses enfants !

Il est aussitôt maîtrisé par un Infrangible qui le conduit hors de l'assemblée.

Sa fille Nanizo, entrée dans une torpeur depuis la chute du roi déchu intervient avec agacement.

Père, ce n'est pas ainsi partout. Penses-tu que c'est une vertu d'avoir autant d'enfants ?

Wolizo

De la retenue ma fille. Si je n'avais que toi, je serais un homme malheureux. N'est-ce pas toi qui trémousse avec le fils de ce gredin.

Nanizo

Oui, je l'aime et j'espère que nous quitterons ce royaume maudit

Wolizo

Si tu continues, je te banni du Royaume.

Les familles faites d'hommes et de plusieurs épouses se succèdent durant plusieurs jours pour le test d'ADN. Chacun reçoit une partie du pécule. Le Royaume est dans la joie. Le roi salvateur est adulé.

Scène 2

Le sang ne trahi pas

Dans la cour royale, le monde est impatient. Une foule immense terrasse la cour. Les scientifiques Japonais ont installé un large écran en hauteur dans une pénombre, visible de tous. Un trône géant triomphe devant eux. Le roi fait une entrée historique sous le verbe retentissant du griot. Les Infrangibles, si géant, si forts, si beau portent chacun un grand pose-pied sur la tête. Ils s'alignent devant Le roi, formant une longue rangée crescendo qui sert d'escalier.

Il se lance charismatique sur les marches tenues sur les têtes puissante des infrangibles qui à chaque pas, évoque en alternance, d'une voix de guerre et sous un tonnerre du grand tambour de guerre : « Mon Roi ! Mon Dieu ! ».

Le griot : *(Aux infrangibles)*

Mon Roi

Mon Dieu

Roi infrangible

Ô Fidèles Infrangibles

Soldat de notre Roi

Garde de notre Dieu

Les Infrangibles

119

Sont incorruptibles

Comme un soleil infaillible

Les infrangibles

Sont invincibles

Guerrier de flamme inextinguible

Fiers Infrangibles

Mon Roi

Mon Dieu

Est fier de vous…

Il est interrompu par une voix soudaine. C'est le fou de Popozo

Vve Le roi ! Le roi des Cocus ! Seule la mère est la mère de son enfant !

Il est aussitôt saisi par deux Infrangibles et roué de coups devant la foule. Le griot continue.

120

Synzi Dadié

Le griot : *(Au Roi)*

Roi Wolizo

Roi de la parole

Qui eut enseveli les sillons vétustes

De mille prédécesseurs

Wolizo mon roi

En toi

Et par toi

Nous avons un roi

Pendant des décennies

Nous n'étions qu'orphelin

Wolizo mon roi

En toi

Et par toi

Nous avons un père

Notre limon était devenu frigide

Et nos espérances rigides

Wolizo mon roi

En toi

Et par toi

Nous avons un sauveur

Le roi Wolizo est installé sous le regard illuminé et rafraichi des Infrangibles. Bien installés sur son trône. Les résultats, expliquent les scientifique japonais paraîtront sur une carte animée montrant les filiations de chaque échantillon. Le roi qui a réussi à astreindre Gnouzo, l'interdisant de mentionner ses amitiés avec les

Japonais, se veut victorieux aux yeux du peuple en joie.

Wolizo

Il est allé au Japon, il n'a rien envoyé. Nous avons tous subit son père, le roi du ridicule. Mais moi, votrc roi, protecteur de son peuple, j'ai envoyé des hommes et des femmes braves, qui nous ont ramené cette manne. Je sais que nous avons tous besoin d'argent et que les temps ont été durs. Mais grâce à ce test que nous avons mobilisé par nos échanges avec le monde extérieur, chacun de nous aura de quoi survivre pour le restant de sa vie !

Le griot

Vive le roi, le grand roi

La foule

Vive notre bon roi

Wolizo

Aujourd'hui, finissent nos peines. Nous aurons de l'argent. Et je peux vous annoncer que cette nuit, les robinets seront ouverts ! La joie coulera !

La foule (*elle est en liesse, les tambours raisonnent, la joie est à son paroxysme*)

Vive Le roi !

Gnouzo veut intervenir, mais sa mère l'en empêche.

La Reine mère

Laisse faire ! Quand un roi doit tomber, son cœur s'endurcie.

Scène 3

Les mythes de la paternité

Le décor étant planté. Le scientifique japonais explique que sur l'écran. En cliquant sur chacun des noms, une ligne verte ira toucher toutes les personnes auxquelles elle biologiquement est liée.

Ce sont les plus grandes familles dont les 2 familles royales et celles des notables et du chef de Guerre.

Wolizo

Il faudra commencer par moi, bien attendu !

Aussitôt dit, aussitôt fait. Le Japonais cliqua sur le nom du Roi, mais aucune filiation ne se déclencha. Il recommença, sans résultat.

Le roi pouffe

Ce n'est pas possible, j'ai mes enfants, j'ai 27 enfants, ils sont sur la liste, sur l'écran n'est-ce pas ? Essayez plutôt mon chef de guerre !

La filiation du chef de guerre s'étend de ramifications en ramifications au-delà de sa famille déclarée. Il est le père de l'un des enfants du roi Wolizo.

La foule s'exclame surprise.

Le japonais clique sur le nom de Yorozo, ses ramifications s'étendent au-delà de sa famille, mais Gnouzo n'est pas son fils ; En revanche Nanizo est sa fille. Plus de la moitié des vingt-sept enfants de Wolizo ne sont pas ses enfants. Ses épouses les auraient eus

*avec des serviteurs, des amis de Wolizo,
des inconnus.*

*La foule est stupéfaite. Gnouzo est le
fils du Griot. Plusieurs enfants ne sont
pas les enfants de leur père. Dans ces
familles polygames, les ramifications
sont distordues et impromptues.*

*La foule est muette ; Elle a un regard
hagard sur le grand écran qui ne cesse
de présenter la face cachée du royaume.
Ce royaume prend son visage
d'infidélité conjugal et de faux. Yorozo
est pris de colère. Il trouve cela étrange.
Il n'est pas seul. Le roi en devient fou
de rage et s'en prend à son griot, puis à
sa suite, à ses épouses...*

L'une des épouses lui crache au visage

- Que crois-tu, maniaque ! Crois-tu
pouvoir satisfaire plus d'une femme.

128

Puis à la foule en transe

Croyez-vous que nous sommes faites pour vivre au rythme de vos désirs ?

Le fou

Ces hommes. Ils se croient maître du choix de ces femmes. L'omerta de la femme a ses vertus que beaucoup d'hommes, obnubilés par leur orgueil, ignorent. Quant à la nuit noire de Popozo, elle cache d'innombrables susurration. Un nouveau jour se lève sur Popozo !

Devant ce grand bouleversement, la foule est remuée de colère. Les uns accusent les autres. Ils s'empoignent les autres. Ils se battent, se tabassent. Certains pleurent, d'autres subitement devenus ennemis de leurs frères et amis,

129

entrent en guerre. C'est la guerre ! Le Royaume est en capilotade.

La Reine mère qui a regardé la scène de loin et stoïque, pense à réunir à nouveau femmes.

Nanizo et Gnouzo quittent la foule en colère et retrouve la Reine mère et Yorozo.

La Reine mère

Bravo mes enfants !

Yorozo

Bravo ? En savais-tu quelque chose ?

La Reine mère

Tu l'as dit, une femme, ça se tait… Avec toi, il est donc mieux d'agir avant de parler. Alors taisons nous et regardons. Bientôt, plus rien ne sera comme avant !

Elle se tourne vers son fils

Gnouzo, merci pour ton humilité et pour avoir sacrifié tes économies. Je suis fier de toi !

Scène finale

Le triomphe des seins

Le Royaume ne s'est pas remis de la colère engendrée par les tests d'ADN qui ont révélé que plusieurs polygames ne sont pas les pères de tous leurs enfants. Les hommes se sentant humiliés. Ils ont donc désavoué Le roi qui, il, l'a dit, a fait vernir une telle technologie aussi pernicieuse.

Le roi est seul. Dorénavant, il est l'homme à battre, et toute voix pour le déchoir est salutaire. Les hommes ont également perdu leur dignité devant leurs femmes qui maintiennent toujours les robinets fermés. C'est désormais un royaume au bord de l'implosion et Le roi se retranche isolé, dans son palais, entouré des seuls Infrangibles. Les femmes courroucées se rassemblent chez la Reine mère à l'insu de leurs époux. Elles sont vêtues de cache-sexe, des perles, des colliers et rien d'autres.

La Reine mère

Mes sœurs, mes filles, je vous avais dit que notre heure sonnerait !

Des voix masculines s'élèvent et se rapprochent. Plusieurs hommes dont des soldats en colère rejoignent les femmes. La foule grandit. Elle lance :

Vive la Reine mère, Vive notre Reine, Vive les femmes. Vive la Reine !

La Reine mère est revigorée.

La Reine mère

Vous voyez ! C'est nous les mères. Les mère des 5 tribus. Nos enfants sont nos enfants, bien plus que nos époux. Alors c'est à nous qu'il revient des tous les protéger quand nos hommes ont échoué. Nous devons libérer nos enfants. Les hommes nous ont enfin attendu. Ils nous ont rejoint ; D'ailleurs, l'intelligence étant notre arme, il ne pouvait en être autrement.

La Foule

Oui à l'intelligence !

La Reine mère *(affermie)*

Oui, notre heure a sonné !

Non à ce Roi porte malheur !

Non à l'argent venu de l'inconnu

Non à l'assistanat !

Nous sommes des femmes braves ;

Elle lève les bras

Regardez mes sœurs, nous avons des bras, des pieds, nous avons une tête, nous avons une intelligence et nous avons une terre !

Que les hommes le veulent ou pas, nous pouvons nous battre pour sortir de cette misère et pour bien vivre dans notre Royaume !

Femme, dit non ! à cet argent maudit qui colporte la discorde !

La foule

Non !

La Reine mère

Mes sœurs ! mes filles ! c'est aujourd'hui que nous prenons le trône. C'est aujourd'hui que chacune et chacun aura sa liberté dans ce royaume. Mes sœurs, mes filles, que les hommes qui sont avec nous s'engagent : Ce soir, nous ouvrirons les Robinets…

La foule masculine est en liesse

Vive la liberté ! Vive les femmes ! Vive notre Reine !

La Reine mère

Vive la Liberté !Tous au palais !

Tambour de guerre, cadence de marche et roulis de tam-tam sacrée.

La foule est drainé par la Reine mère qui harangue. Ils envahissent la cour royale, prennent le palais d'assaut. Ce sont d'abord les trois dernières épouses du roi Wolizo qui le retrouvent dans son retranchement. Il s'écrit rassuré :

Ah. C'est vous ! mes épouses, mes belles épouses bien aimées !

Se regardant le nombril, il ordonne d'une voix acrimonieuse aux Infrangibles :

N'ayez aucune merci pour ces idiots ! Ces balourds apathiques qui croient prendre mon trône aussi facilement ! Il faut tous les abattre ! je dis bien tous ! Je suis et je reste infrangible !

La foule a franchi le seuil de la grande salle royale où est assis Le roi Wolizo le regard saumâtre. Il arbore une assurance défiante. Muré par la forteresse des féroces Infrangibles, son dernier rempart, il n'a rien à craindre en cet instant fatidique.

La foule marche vers le trône. Les Infrangibles comme des statues

137

glaciales géantes, ont le regard vers les trois filles.

Wolizo *(ténébreux)*

Que regardez-vous ! sales molosses !

Votre Roi, votre Dieu que je suis vous ordonne !

A mort !

Brusquement, les trois épouses disparaissent de la salle. Les Infrangibles les suivent, abandonnant leurs armes ! Wolizo est enveloppé par une vacuité troublante et le tourment ! L'effroi désorbite ses yeux. La glabelle à sailli, il a désormais le regard exsangue. Il est seul, seul au monde, abandonné à la vindicte du peuple de Popozo.

Wolizo

Ah les Infrangibles !

Ah les femmes !

Ah Wolizo !

Il est saisi par la foule, trainé dans la cour royale étourdi, flageolant. Il lance le regard vers le ciel qui subitement, ferma les yeux sur lui. Le voici au cœur d'un pandémonium. La gorge serrée par l'imminence du supplice, il brame à la clémence comme un cerf entenaillé sous le regard d'une strige:

Wolizo

Pit.. !

Sous l'avalanche des vociférations accusatrices de la marée humaine, il est mis à quia et est lynché à mort par une foule acariâtre.

Épilogue

****

La Reine mère devient Reine de Popozo et des cinq tribus.

Gnouzo épouse Nanizo et ils partent à l'aventure loin du royaume. La nouvelle Reine règnera pendant des décennies, soutenues par les hommes qui sont heureux de son règne. Le Royaume connaît la prospérité en embrassant les changements ainsi la modernité sans mettre à feu, ses us et valeurs ancestrales. Femmes et hommes vivent

*en harmonie dans le respect de l'égalité
et des droits.*

*Musique de flute, de Kora et tonnerre
de tambours victorieux. Voix et chants
triomphaux féminins.*

*Les hommes aussi chantent et dansent
en allégeance à la nouvelle Reine de
Popozo.*

FIN

Synzi Dadié

Editions des Grands Hommes
Côte d'Ivoire - Irlande
Une marque de Transatlantic
Development
2020

143

Synzi Dadié